Tous les jours,
c'est foot !

Responsable de la collection : Frédérique Guillard

Hubert Ben Kemoun

Tous les jours, c'est foot !

Illustrations de Régis Faller

NATHAN

À la récréation

d'après la cantine,

il y a toujours foot.

Tous les garçons jouent,

sauf moi. Ils prétendent

que je ne cours pas

assez vite. Même

comme gardien,

les copains ne veulent pas

de moi dans leur équipe.

Ils disent :
– Nicolas, t'es pas un goal, t'es une passoire !

Je serais d'accord pour être arbitre, mais ils trouvent que je ne connais pas assez bien les règles.

C'est que le foot,
c'est drôlement sérieux.
Tout le monde se donne
des noms de champions célèbres.

En connaisseurs, mes copains
discutent des matchs
de championnat qui passent
à la télé. Ils commentent
le classement des équipes
et font des prévisions
pour les prochaines journées
de championnat.

C’est vrai que je ne suis pas
un bon footballeur. Ce qui
m’intéresse, c’est de jouer
avec eux, mais le foot est
une affaire trop importante
pour qu’ils acceptent
un amateur comme moi.

Une fois, ils ont proposé que
je sois « poteau » pour marquer
la limite du but. J'ai pris
un ballon dans le ventre
et un autre dans la figure !

Ceux de l'équipe adverse disaient
que je bougeais quand le ballon
arrivait.
Cela a fait des tas d'histoires.
Alors, même comme poteau,
on ne veut plus de moi.

Aujourd'hui, quand la sonnerie de début d'après-midi retentit, ils sont en grande discussion. Pierrick demande à Lucien :

– Comment dis-tu qu'il s'appelle ?

– Lipot Wadow ! C'est un Polonais !

– Et il joue quand ?

– Ce soir, il est avant-centre, n° 9 ! Un buteur !

– De qui parlez-vous ? je demande.

– Tu peux pas comprendre, Nicolas ! On parle football ! dit sèchement Lucien.

– C’est un nouveau joueur du club de la ville ! m’explique Pierrick.
– Un grand buteur... reprend Lucien, et il ajoute en riant : comme toi !

Ce Lipot Wadow les fait rêver
et ils en parlent
tout l'après-midi.
Ce soir, ils se promettent
de regarder le match ; demain
c'est mercredi, il n'y a pas
classe.
Dès la fin du dîner, je rejoins
mon père, bien installé au fond
du canapé.
– Depuis quand t'intéresses-tu
au foot ? me demande-t-il,
étonné.
– Qu'est-ce que tu crois ?
je dis en haussant les épaules.
Je peux même te dire que Lipot
Wadow joue ce soir en n° 9 !

Mon père est épaté
par mes connaissances.
– Le voilà, ton Wadow,
c'est le grand brun qui court.

Ce bonhomme qui se prend
la tête entre les mains
parce qu'il vient de tirer
au-dessus, je le connais !
Je ne sais pas où, mais je suis
certain de l'avoir déjà vu.
Je cherche à m'en souvenir
pendant tout le match.
On n'arrête pas de le voir
à l'écran. Il faut dire
qu'il marque deux buts.
Dès jeudi, il sera le nouveau héros
de mes copains.

À un quart d'heure de la fin du match, ma mère passe dans le salon et jette un œil sur l'écran.

– Bien sûr que tu l'as déjà vu ! Il est venu inscrire son fils à la crèche de ton frère, il y a trois jours !

– Voilà, c'est ça ! je crie, soulagé.

– Un monsieur très sympathique, son fils joue beaucoup avec ton frère.

– En tout cas, un sacré joueur, ce Lipot ! ajoute mon père.

Dès le lendemain, à la surprise de ma mère, j'insiste pour aller chercher mon frère Jonathan à la crèche.

Hélas, tous les soirs, c'est une jeune femme qui vient chercher Andrej, le fils du footballeur. Enfin, un jeudi, dans l'impasse de la crèche, je le reconnais qui gare sa voiture et qui passe devant moi en me faisant un petit sourire.

– Monsieur, monsieur !

Je le rattrape en courant.
– Vous êtes bien Lipot Wadow ?
Je n'attends même pas qu'il réponde.
– J'aimerais tant une photo de vous, dédicacée.
– Bien sûr, comment tu t'appelles ? dit-il avec un accent rigolo.
– Nicolas ! Je suis le frère de Jonathan, le copain de votre fils !

Il répète mon prénom
en l'abîmant un peu et sort
une photo de son portefeuille.
Il écrit d'abord :

POUR NICOLAS.

Il lève le nez et demande,
toujours avec son étrange
accent :

– Tu joues au foot ?

– Oh oui, j'adore ça !

Aussitôt il ajoute en riant :

UN FUTUR GRAND FOOTBALLEUR...
TON AMI LIPOT WADOW.

Ça ne peut pas mieux tomber.
Je suis sur un nuage.

IMPRIMERIE
7

Le lendemain, à la récré,
Lucien n'en croit pas ses yeux.
Il tient la photo comme si
c'était un ticket gagnant
du millionnaire. Pierrick, Serge
et tous les autres n'arrêtent pas
de répéter :
– Tu le connais ? Tu lui as parlé ?

– Bien sûr, il va même venir chez moi !

– Oh ?!

– Si, pour amener son fils à l'anniversaire de mon frangin, et aussi... pour me dédicacer mon ballon !

– T'as un ballon, toi ?

– Non, mais je vais m'en acheter un !

Maintenant, ils insistent
pour que je joue avec eux.
J'ai même le droit de m'appeler
Wadow pendant les matchs.
Mais le plus incroyable,
c'est que depuis ce jour,
ils trouvent tous que je joue
drôlement bien...
et ils se disputent pour
que je sois dans leur équipe.

Hubert Ben Kemoun

aurait bien aimé, comme beaucoup de petits garçons, devenir champion de foot. Hélas… il ne courait pas assez vite.
À présent, c'est sa main qui galope sur la page. Il écrit des histoires pour la radio, la télé ou le théâtre. Il écrit aussi des livres pour les enfants et les adultes (qui sont, comme chacun sait, de grands enfants).

Régis Faller

Quand il était petit, il était encore plus mauvais en foot que Nicolas. Ce qui l'a bien aidé pour illustrer cette histoire.
À présent, il dessine ses images sur son ordinateur sans utiliser ni crayons ni pinceaux. Un petit « clic » et hop, il change un nez ou la couleur du ballon... c'est bien plus facile pour corriger ses erreurs !

Dans la même collection

Arnaud Alméras

Barbichu et la machine à fessées

Barbichu et le détecteur de bêtises

Barbichu et le Confiscator

Calamity Mamie

Les vacances de Calamity Mamie

Hubert Ben Kemoun

Tous les jours, c'est foot !

Même pas cap !

Ce n'est pas le vrai !

C'est quoi ta collec ?

Jean-Michel Billioud

Le vélo, c'est trop dur !

Nicolas-Jean Brehon

Un petit grain de rien du tout

Claude Clément

Princesse Chipie et Barbaclou

Bon anniversaire, Barbaclou !

Princesse Chipie et Barbaclou en vacances

Jean-Loup Craipeau

Un Noël à poils doux

Elsa Devernois

Qu'est-ce que tu me donnes en échange ?

Danielle Fossette

Je ne veux pas aller au tableau !

Je me marierai avec la maîtresse

Jacqueline Frasca

Dent de loup

Anne et Claude Gutman

Comment se débarrasser de son petit frère ?

Fanny Joly

Juliette Mangemiette

Dédé télécommandé

Catherine Lamon-Mignot

Gentil squelette cherche amourette

Y'a un fantôme dans les cabinets !

Thierry Lenain

Menu fille ou menu garçon ?

Mademoiselle Zazie a-t-elle un zizi ?

"Bravo Léo" :

1. Crocodébile

2. Tête de grenouille

3. Merci moustique !

Dans la même collection

Gérard Moncomble

Mimi la Montagne

Geneviève Noël

Un super anniversaire

Le perroquet bête comme ses pattes

Yves Pinguilly

Les vacances du poisson rouge

Yak Rivais

Lutinet cherche une glace

Ann Rocard

Le loup qui avait peur de tout

Le loup qui tremblait comme un fou

Le loup qui n'avait jamais vu la mer

Le loup qui sifflait trois fois

Le vampire qui avait mal aux dents

Béatrice Rouer

T'es plus ma copine !

Mon père, c'est le plus fort !

Le pestacle et les pétards

Nulle en calcul !

Tête à poux

La maîtresse en maillot de bain

Le fils de la maîtresse

Je le dirai à ma mère !

C'est mon amoureux !

La tête à Toto

Souris d'avril !

Sourichérie

Éric Sanvoisin

Bizarre le bizarre

Alain Surget

C'est moi le plus malin !

Emmanuel Trédez

Et si les poules avaient des dents ?

Claire Ubac

Hugo n'aime pas les filles

Zidrou

Le grand amour de Mathurin Pinpin

N° d'Éditeur : 10046795 - (V) - (21) - CSB - TS - 170
Dépôt légal : mai 1998
Impression et reliure : Pollina s.a., 85400 Luçon - n° 74644-F
Conforme à la loi n° 49956 du 16 juillet 1949
sur les publications destinées à la jeunesse
ISBN 2.09.282408-2